LasTResMellizas

Tom Sawyer

©1999, Cromosoma, S.A. y Televisió de Catalunya S.A.
©1999, Salvat Editores S.A.

Ilustraciones: Roser Capdevila
Fotografías: Aisa, Kobal, Salvat
Texto ficción: Mariona Anglès y Mireia Broca basado en
　　　　　　　el guión cinematográfico de Francesc Orteu,
　　　　　　　Gabriel Perelló y Gabriel Salvadó
Texto no ficción: Lola Casas y Jesús González
Diseño de la colección: Loni Geest
Maquetación 1a. parte: Adriana Perón, anna anglada,
　　　　　　　　　　　Gemma Pujol, Núria Oriol y Ana Díez
Maquetación 2a. parte: Loni Geest
Edición 1a. parte: Bet Ballart
Edición 2a. parte: Aurèlia Vigil
Traducción 1a. parte: Rosa Martínez Alfaro
Traducción 2a. parte: Aurèlia Vigil

ISBN: Obra Completa: 84-345.6878-0
　　　　Tomo XXI: 84-345-6955-8
Depósito legal: B-49.328-1999
Impreso en GESA
Impreso en España

Dibujos
Roser Capdevila

CROMOSOMA

SALVAT

Las Tres Mellizas
están en el supermercado,
donde han organizado
una enloquecida carrera de carritos.
Y... ¿quién ha ganado?

La Bruja, claro,
que como siempre,
tiene motivos suficientes para
castigar a estas tres cuentistas.

as niñas están en un pueblo de los Estados Unidos de América, a orillas del río Misisipí.

–¡Seguidme! –exclama Elena–. Huelo a tarta de manzana.

Los sueños de Tom

Encaramado al tejado de la casa que huele a tarta, un niño sueña con navegar río abajo en el bonito barco de vapor que ve pasar cada día.

Es Tom Sawyer, a quien las Mellizas, con sus gritos, han asustado y... ¡se ha caído de cabeza al gallinero! ¡Pobre chico, menudo porrazo!

Polly, la tía de Tom, está muy enfadada. Ha oído barullo y le ha parecido que el muchacho estaba otra vez espantando las gallinas.

La tía Polly ha castigado a Tom. Pero él se escapa por la ventana cuando, por la noche, su amigo Huckleberry Finn lo llama con sigilo...

¡Éste es el escondrijo flotante de los piratas! El pirata Tom quiere abordar, de madrugada, el barco de vapor que va a Nueva Orleans.

Tom, atraído por la música que suena en las calles de la ciudad, quiere ir a Nueva Orleans.

¡La Bruja lo lía todo!

La Bruja no puede estarse quieta.

–Cuando estos piratas de agua dulce se despierten, se llevarán una sorpresa... ¡Je, je, je!

Ya lo creo que se llevan una sorpresa. ¡Y de las buenas! El escondrijo flotante de los piratas navega justo detrás del vapor y Tom grita:
–¡Piratas del Misisipí, al abordaje!

El abordaje no ha dado resultado. Todo se complica cuando Aburrida vuelve a intervenir. ¡El Búho está agujereando el escondrijo flotante!

La Bruja provoca un chaparrón. ¡Oh, no! ¡Se han hundido! Y para rematar la jugada, sólo falta que Tom y Huck se peleen.

–¡Socorro, auxiliooo! –gritan los cinco con el agua al cuello.

El vapor, que por casualidad pasaba por allí, rescata a los náufragos. ¡Qué suerte tienen las Mellizas! La Bruja se tira de los pelos...

Hacia Nueva Orleans

Tom está muy contento. Por fin está a punto de conseguir su sueño: ¡ir a Nueva Orleans en el gran barco de vapor!

¡Ooooh! ¡El barco está cargado de municio-
nes! En los Estados Unidos hay guerra y los
vapores han tenido que llenarse de armas.

¿Esto es Nueva Orleans? ¡Vaya ciudad más triste! Ni el vapor ni Nueva Orleans son como Tom se los había imaginado. Pero... ¿dónde están los músicos y su música?

El chasco de Tom

–Desde que hay guerra, la gente no está por músicas –les dice un señor que vaga desconcertado con dos muletas carcomidas.

¡Pobre Tom! Por fin ha conocido Nueva Orleans y... ¡Qué desilusión!

Los piratas han vuelto a casa. Tras el viaje, Tom redescubre la belleza de su pueblo, la gran amistad con Huck y...
¡el mal genio de la tía Polly!

Huckleberry Finn también se va a su casa, a la casita de madera que tiene en la copa de un árbol, donde vive solo.

Las Mellizas ya han hecho
bastantes «piraterías» por hoy.
Pero como siempre,
han aprendido muchas cosas.
Como, por ejemplo,
la receta de la tarta de manzana
de la tía Polly.

Quieres saber...

LOS ORÍGENES DE LA HISTORIA

¿QUIÉN ES TOM SAWYER?

Tom Sawyer es el protagonista de *Las aventuras de Tom Sawyer*, una novela de Mark Twain. Este libro explica las proezas de Tom, un muchacho huérfano, listo, travieso y emprendedor, que vive con su tía Polly y sus primos. Con su pandilla de amigos, vive aventuras emocionantes que tienen como escenario el río Misisipí.

Un día, jugando a piratas en una isla del río con su inseparable amigo Huckleberry Finn, es testigo de un espantoso crimen cometido por Joe, un indio de carácter muy violento, en un cementerio.

Con ayuda de Becky, la muchacha que ha robado el corazón de Tom, conseguirán capturar al temible Joe y retenerlo en una cueva profunda y oscura. Al final de la historia, los protagonistas recibirán una valiosa recompensa, de sobras merecida.

¿QUIÉN FUE MARK TWAIN?

Mark Twain es el seudónimo de
Samuel Langhorne Clemens, creador del
personaje de Tom Sawyer. Nació en 1835
en Florida, en el estado norteamericano
de Missouri. A los cuatro años, su familia
se trasladó a Hannibal, pequeña localidad
a las orillas del Misisipí.

1835-1910

El contacto con el río y la observación diaria
de la vida que se desarrollaba a su alrededor,
y también el hecho de haber pilotado él mismo
barcos de vapor, marcaron su obra.

Además de *Las aventuras de Tom Sawyer*, Twain escribió *Huckleberry Finn*, *Un yanqui en la corte del rey Arturo*, *El príncipe y el mendigo*... También fue soldado, buscador de oro y periodista. Su triunfo como escritor y conferenciante lo llevó a viajar por todo el mundo; esto le aportó fama y bienestar económico.

Fue testigo de cómo su país, los Estados Unidos, se iba convirtiendo en una potencia mundial. Sobre este tema escribió a menudo y de manera crítica, ya que no estaba muy de acuerdo con los métodos de los poderosos para enriquecerse.

EL MISISIPÍ

El río Misisipí, cuyo nombre en lengua amerindia significa «agua grande», nace en los lagos de Minnesota, al sudeste de Estados Unidos. Recorre el país de norte a sur atravesando la zona de las grandes llanuras, y desemboca en el golfo de México, en el océano Atlántico, donde forma un amplísimo delta. A su paso se encuentran grandes ciudades: San Luis, Memphis o Nueva Orleans.

Gracias a su afluente principal, el Missouri, es uno de los ríos más largos del mundo; juntos  miden unos seis mil kilómetros aproximadamente. A consecuencia del deshielo de primavera y de las lluvias estivales, el Misisipí sufría unas grandes crecidas que producían muchos daños. A partir de 1940 se empezaron a construir diques a lo largo del río, que consiguieron controlar estas aguas.

En palabras del propio Mark Twain, el Misisipí «es el río más sinuoso y tortuoso del mundo».

LA VIDA EN EL MISISIPÍ

El río Misisipí ha sido desde siempre una importante vía de comunicación entre las ciudades por donde pasa. En la época de Mark Twain, con la aplicación del vapor a los barcos, aumentaron la navegación y el comercio en sus márgenes. Las embarcaciones, con poco calado para no topar con el fondo arenoso, y empujadas por inmensas ruedas movidas por potentes máquinas de vapor, transportaban personas y mercancías a lo largo del río.

En 1849, cerca de mil barcos movidos por máquinas de vapor atravesaban el Misisipí. Algunos de estos barcos tenían más de cien metros de longitud.

Uno de los productos
que se transportaban
por el río era el algodón.
Se cultivaba en grandes
terrenos pertenecientes
a ricos propietarios, y los
trabajadores eran esclavos

de origen africano, que en aquella época no
tenían ningún derecho, ni el de la libertad.
Los cantos tristes de los esclavos durante la
recogida del algodón contribuyeron, con
el tiempo, a la formación de variedades
musicales como el blues o el jazz.

CURIOSIDADES

En 1835, año del nacimiento de Mark Twain, el cometa de Halley era visible desde la Tierra. Este cometa es uno de los más populares, ya que nos «visita» cada 76 años. Curiosamente, en 1910, año de la muerte de Twain, el Halley volvía a estar presente en el cielo. El propio Mark Twain dijo: «Vine al mundo con el cometa de Halley y tendría la mayor desilusión de mi vida si no partiera con él».

«Mark twain» era el grito que daba el sondeador de un barco de vapor cuando comprobaba que la profundidad del agua permitía navegar sin peligro por el Misisipí. Samuel L. Clemens, que había sido piloto de este tipo de barcos, decidió adoptar esta expresión como seudónimo para firmar sus escritos.

Mark Twain admiraba profundamente el libro *La isla del tesoro*, de Robert L. Stevenson y en *Las aventuras de Tom Sawyer* quiso rendir homenaje a esta obra mítica sobre la piratería. Así, Tom y sus amigos sueñan con convertirse en piratas. Sus aventuras no se parecerán ni por asomo a las de los héroes de *La isla del tesoro*, pero Twain las explica de forma tan magnífica que las convierte en una lectura divertida y de gran calidad.

Vocabulario

Los barcos de vapor han quedado en desuso, pero en los puertos de todo el mundo encontramos barcos de muchos tipos.

Aerodeslizador (*hovercraft*): Vehículo que se desliza sobre el agua gracias a un enorme colchón de aire impulsado por grandes ventiladores. Se utiliza para el transporte de pasajeros.

De carga: Naves de transporte de mercancías. Según los productos que cargan, encontramos carboneros, fruteros, barcos frigoríficos...

Ferry (transbordador): Embarcación diseñada para el transporte de vehículos, trenes y personas de un lado a otro de un lago de grandes dimensiones o de un estrecho marítimo.

Lancha: Pequeña embarcación de popa plana que puede ser impulsada con remos o con un motor.

Pesquero: Barco destinado a la pesca. Hay de muchos tipos: balleneros, bacaladeros...

Petrolero: Embarcación capaz de transportar grandes cantidades de petróleo o de otros combustibles líquidos.

Portaaviones: Nave de guerra especialmente diseñada para permitir el transporte, el despegue y la recogida de aviones.

Transatlántico: Gran barco de pasajeros que realiza viajes de larga duración.

Velero: Nave impulsada por una o más velas.

INVESTIGA

BIBLIOTECA

Obras de Mark Twain
Las aventuras de Tom Sawyer. Madrid, Anaya, 1984.
Huckleberry Finn. Madrid, Cátedra, 1994.
El príncipe y el mendigo. Barcelona, Altaya, 1994.
Un yanqui en la corte del rey Arturo. Barcelona, Anaya, 1999.

Pequeños protagonistas
R. ALCÁNTARA Y GUSTI: *Uña y carne*. Barcelona, Destino, 1990.
R. DAHL: *Matilda*. Madrid, Alfaguara, 1999.

VIDEOTECA

Versiones de obras de Mark Twain
Las aventuras de Tom Sawyer, de D. TAYLOR (1973).
El príncipe y el mendigo, de R. FLEISCHER (1977).
Las aventuras de Huckleberry Finn, de S. SOMMERS (1993).
Aventuras en la corte del rey Arturo, de M. GOTTLIEB (1995).

Vida en el Misisipí
Magnolia, de G. SIDNEY (1951).
Maverick, de R. DONNER (1994).

INTERNET

Las tres mellizas: www.lastresmellizas.com
Sobre Mark Twain:
   www.asahi-net.or.jp/~XA3K-SOY/mt/mtpage.htm
   (en inglés)
   www.cmp.ucr.edu/site/exhibitions/twain/ (en inglés)
Imágenes de Tom Sawyer y Huck Finn:
   www.hdcity.com/rockwell/ (en inglés)
Visita turística a Hannibal:
   www.marktwaincave.com/ (en inglés)

MULTIMEDIA

Enciclopedia Multimedia
   Salvat 99.
   Distribuidor: Salvat.
   Web: www.salvat.com.

OTROS

Discografía
Showboat, de A. PREVIN.
   Deutsche Grammophon,
   1998.
*The piano music of Scott
   Joplin*. ASV, Londres,
   1999.

LA BIBLIOTECA DE
Las Tres Mellizas

Romeo y Julieta

Buffalo Bill

Helena de Troya

Leonardo da Vinci

Don Quijote de la Mancha

King Kong

Los caballeros de la tabla redonda

San Jorge y el dragón

Los tres mosqueteros

Viaje al centro de la Tierra

El doctor Frankenstein

Oliver Twist

El hombre de Cromañón

Cristóbal Colón

Cleopatra

Marco Polo

El hombre de Mayapán

Los viajes de Ulises

Amadeus

Papá Noel

Tom Sawyer

El fantasma de la ópera

Colmillo Blanco

Kim de la India

La vuelta al mundo en 80 días